朋友圈

我才是最懂你的那个人，总有一天你会明白的。到那时，我要和你露营在 4500 米的星空下，时间停止，空间静谧，只有我们，我们是对方的氧气罐……

天气晴朗得让人想哭。

我要合上电脑，让业绩保单见鬼去吧，我要进被窝，关灯，静静地听。你就在我的上面，而天空在你上面，我最亲爱的。

跑步除了收获无龄感少女心，更重要的是认识了很多有趣的人，又有趣又是各行各业的狠角色！向你们学习！学习创造快乐的能力，学习不仅让自己快乐，更让周围人快乐的能力！夜晚我们露营在海拔4200米，不一样的篝火和啤酒，半醉之间滚进睡袋，落雪在帐篷上写着情书，我们无所畏惧。

去吧! 去冲刺, 去流泪, 去拥抱胜利! 属于我的冲刺也在前方, 每一次都爽到头皮发麻, 怪不得有人说, 马拉松就是兴奋剂。

公众号

你纵然忙得如热锅蚂蚁一般，却都是隔靴搔痒。重锤出击才是正道哇。世道人情都在你这边，你非要胆怯、犹豫、悲观。吹毛求疵的爱好，在大厦将倾之时如此鸡肋，完美早已不在，你却还要粉饰太平。

正襟危坐几乎让你失去奔跑的天性

一艘军舰的意识

在海上漫长航行，就会逐渐发现，回顾人生是一个最经得起反复玩耍的游戏。

空间已死，你得直勾勾地对峙时间。

虚假就像味精。交谈是饮鸩止渴。走样的感官却是敏锐的扫描仪。

听来的别人的家长里短有味精味儿，自己指天誓日赌咒的确有其事，

也弥散着味精味儿。正是如此，虽然大家仍旧不住地说啊,聊啊,谈啊,

却像填不进什么管事的东西,把悬浮虚晃的灵魂粘回到肉体上。

在这寂寥的海面，独自一个人，沉进完全的自己，让回忆里每一个瞬间都货真价实的自己重新灌进空荡荡的体内。这是远航的固定药方。

那个被遗忘的自己，一直无声地凝视着他，这凝视如此绝望，冥顽，却也同样洞烛幽微，专诚不渝。它以梦魇的方式袭击记忆的堡垒，带来莫名的焦虑，它侵蚀，侵蚀，悄无声息地诱引命运的步履和方向。

他不和同学厮混，也不进同乡的圈子，他没有爱好，很难被讨好，却也没有多余的偏见。他工作的时候将自己设置成老式机器人模式。大多数人以为这个机器人就是他了。

他愿意承认他的暴躁。但他有最彻底的真心。他天然地觉得她们应该懂得。一锤定音，一诺千金。他不喜欢反复阐释，不在意过程和细节。她们应该知道，他就像海，卷起的沙石风浪，都会在冷静后沉淀，重新归位。他自己是不会被生活的混乱打扰。

潘岩想要直视她的眼睛，却心惊胆战地发现，风流需要天分，堕落需要练习。甚至自在地浪费时间也是一项本领。离开了工作和婚姻，他才知道自己如此贫乏。他自己是青白色的钢铁里生出的怪物。有些笑话，他听不出咸淡，只使劲笑着，简直像哭。

我是我了,你是你了,我们是我们了。一生就是一瞬,余生更攸然可怜。两个点在浩渺虚空里闪,竟然彼此看见。呐喊,狂喜,学会吧! 做到了! 惊惶地紧紧拥抱。快啊,爱,在这吞噬的虚空里留下一个灼烈的痕迹……

灵魂是撕裂与弥合的伤口，是疼和牺牲，是奔向毁灭的冲动。风或许刮走了我一部分的灵魂。

我懂他的悲观主义。但我爱他，我爱我，我爱我们全部，这个整体。那些短暂的笑，轻浮的泪，那些和菲薄情绪纠缠搅扰的低俗小说，那些敝帚自珍的结绳记事。

当宽吻海豚亲昵地探头探脑，蹁跹海鸥在军旗边缭绕鸣叫，日落与日出像镜中姊妹肆意迸发万丈光芒，神灵将纯粹的完美铺展在眼前，我们注视着天地，惊异地无话可说时……难道你我不是时间和空间的主人吗？

西海岸手账

说不上寂静，却忽然不知如何自处，口袋里没有烟。他
大着胆子让自己停泊得更久一点。岸上的酒局已是前
世，只剩下天和海，永恒在目及之处脆弱地微微悸动。

经过了那么多麻烦，他还爱她。每次在心里辗转一遍他和她的交往，那么多不可思议，每次都顺利来到了当下。这幸福有种渎神般的自信，这幸福近乎完美，这才是最不对劲的地方。

远梅有时候觉得，她的魂魄应当是一株植物，最好是不用开花的那种。争奇斗艳也颇费气力，她只要清爽壮丽的绿叶，深长明晰的根系，与泥土私相授受，吐故纳新，温润祥和。

原以为与整个世界骨肉相连，小心翼翼，局促而紧张，实则这世界真真天高地阔，大得足够轻视你，忽略你。人不过是世间浊物，只消看看哪怕一棵树，在阳光下，微风里，摇摆，生长，枯萎。自给自足，无欲无悔，远梅就忍不住感慨，人算得上什么，要如何这般计较自己！

小男友

音乐适合恋爱啊。聊康德怎么能聊出荷尔蒙呢? 聊文学? 麻烦请先去看《战争与和平》，就第一卷末尾娜塔莎被阿纳托利诱骗私奔谈一下感想? 拜托，谈恋爱要即时的反馈嘛，一首歌两人听，简直就是拨动心弦。

清醒的时候，他觉得每一分钟理应都充满惊喜。盛宴永不停歇，美好的人，美好的物，源源不断地出现，从热泪盈眶到欢天喜地，再加上一点点的悠然平静，就放在睡前吧，一个完美的勾勒，而后进入梦境。梦里倒是可以受点罪，毕竟一张开眼,全都变成有惊无险的好故事,这才是值得一过的人间嘛不是?

MK女孩

你没有去背 H&M、Zara 这种快消品牌，说明你是个不甘现状渴望爬升的女孩，有欲望就会有干劲；你没有去背 LV，说明你懂规矩，不好高骛远，想晋升但肯努力；你没有背那些设计感十足的小众潮牌，说明你不会恃才傲物，也不沉迷于文艺，不会给我突然递个辞职信，说什么"世界那么大，我要去看看"，搞得我手忙脚乱还不能发飙！所以我绝对要选择 MK 女孩，这简直就是我千挑万选的优秀员工嘛！

大师

他像是在跟你对话，又像在自言自语。他一面大口吃菜吃饭，一面滔滔不绝，不时露出一种轻蔑的笑容。再往后，他已经顾不得我们了，他自己开始随意地转换话题，大多是你闻所未闻的外国名字，一头雾水之际，他会再讳莫如深地讲些个不可思议的八卦，听起来简直像他亲眼所见，事实上却发生于十九世纪。说到底，这都是从书里看来的。

我天性浮华，就格外地想逃离自己。我不要《约翰·克里斯朵夫》那种辞藻遍地高歌猛进的天才气焰，我想要投身民众，见识苦难，锤炼意志力，我像啃鸡爪那样有滋有味地咀嚼艰深，我希望被现实痛击，我要杀掉罗曼蒂克，我要脱掉猫样的轻浮气。说真的，我到很后面才能重新公正地看待浪漫主义。

看书要认真、耐心，不轻率、不迷信，既有捕捉细节魅力的敏锐感官，又能极目远眺俯瞰全局。没有成见，带点好奇，并不把任何事看得过分严重，情商的宽度一再破戒，道德是个浮漂，可以按鱼儿的大小上下跳动。

读书不必胆怯，可以无畏权威，你的看法可以偏颇，你可以不服气。小说家如果是国王，那么读者可以是一个奇绝的刺客。慢慢地，你可以轻松辨别机巧的魔鬼，最重要的是，你会逐渐看清楚文字背后的那个人。这全都是一种乐趣。

爱是一头怪兽，失灵的防御机制。我合上书，我知道，我也疯狂地爱上了大师。我要去拥抱他，亲吻他，我要去看他看过的所有的书，我要枕在他的肚皮上听他滔滔不绝地说。听他说，听他说，听他说啊……我要把自己印在他的书页上。我一定要爱他，一定要他也爱上我！

以上文字摘选自小说集《现代生活手账》，李潇潇　著，河南文艺出版社 2023 年 12 月出版。